내 안에 피는 꽃
을

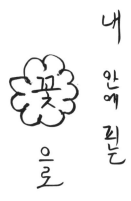

내
안에
꽃
핀
을
로

우동에 시람

북허브

서문

    시인 유동애 선생의 시집 원고를 읽고, 그간 등단한
지 30여 년 세월이 흐른 까마득한 옛날을 상기했다.
    시인이 된 이들을 필자는 셋으로 나누어 본다. 첫째
는 대학에서 국문과를 전공하여 문학개론부터 시론까
지 제대로 문학을 공부하고, 평생 문학을 가르치며 시
창작을 하는 사람, 문학을 위해서 태어나고 평생을 문
학으로 살아온 시인이다. 그 다음으로는 대학은 다녔
으나 문학이 아닌 과를 졸업하고 다른 직장 생활에서
은퇴한 후 어릴 때부터 시에 대한 호기심으로 늙어가
면서 시인이 된 사람이 있다. 그 다음은 전혀 문학에
뜻을 두거나 문학에 관심을 두지 않다가 어느 날 우연
히 문인을 만나 문학의 문턱을 넘나들다가 시인이 된
사람, 그런 이는 은행원이나 기술자나 공직자로 일생
을 절반 이상 넘긴 뒤에 문학에 들어선 시인이 있다.
    필자가 아는 육군참모총장이 대령에서 장군이 되는

후배를 심사할 때 반드시 육군사관학교 출신만 별을 달게 한다는 원칙을 세워 놓고 있었다. 그 차이가 뭣이냐 했더니 장군은 그야말로 별을 다는 것인데 학문 교육의 황금기에 사관학교를 다닌 사람만이 되어야 한다는 확고한 신념을 가져야 한다고 했다.

필자는 시인이 되고 문인관계 모임의 대표가 되는 사람은 반드시 국문과 출신이어야 한다는 생각을 가지고 있다. 유동애 시인은 정말 문학을 위해서 대학을 다녔고 문학으로 삶을 꾸리고 교편생활을 하는 것이 그의 일생의 직업이었다. 지금 이 시집을 너무 늦게 발간한다는 것이 좀 안타깝다. 그러나 대기만성이라는 말도 있다. 이번 유동애 시인의 시집 발간이 국문과 출신의 시집이니 얼마나 자랑스러운가!

유동애 시인의 작품은 군더더기 없는 직설, 간결, 거기에 메타포의 기법 등이 돋보인다. 어느 구절은

난해하나 다시 읽으면 그 깊은 서정의 꽃 향기가 있음
을 느낄 수가 있다. 그의 시 「꽃」을 보자.

　　　바람 부는 언덕
　　　허기허기 올라
　　　벼랑 끝
　　　외줄기로 돌아

　　　길손처럼 만나서 흩어지는
　　　먼지 이는 대지에

　　　이 세상 너머
　　　어느 먼 곳에서처럼
　　　전혀 다른 나로
　　　태어나고 있었다

독자는 여기서 식물의 꽃을 찾지 못한다. 시인의 자화상이요 이미지 형상으로서의 꽃이 있을 뿐이다. 시인이 자기 모습을 이 시에서 꽃으로 태어나는 마음의 소재가 바로 자기 자신임을 노래한다. 현대시에서 꽃의 언어는 소묘와 의미의 중간 존재로 보아왔다. 유동애 시인의 시적 성공은 바로 내면의 새로운 자기 탄생을 노래하는데 있다.

내 연구실로 한 주 간에 시집 한두 권 배달되어 온다. 드물 때는 한 달에 한두 권 온다. 시 쓰는데 목숨 다하는 시인의 노력과 출판의 지출이 너무 안쓰러워 꼭 읽는다. 그런데 한두 편만 읽고 책장에 두는 시집이 태반이다. 더 읽어봐야 대개 서문이나 추천사가 의례적이고 인사치레에 끝나는 것이 대부분이라 그렇다. 유동애 시인의 작품은 독자들이 그렇게 취급하지 않기를 바라는 마음으로 이 글을 쓴다.

시를 왜 쓰느냐? 왜 시인이 되느냐? 더러는 삶의 넋두리로 쓰고 또 더러는 호사스런 여백으로 쓰는 이가 있다 한다. 시를 결코 그렇게 써서는 안 된다. 시 작품 하나하나가 그 시인의 생명의 피가 엉키고 삶의 진실이 함축되어 있고 그 시인의 영혼이 하늘을 우러러 땀과 눈물과 피를 다하여 외치는 언어들이다. 과연 요즘 시인들이 그런 자세로 시를 쓰는 지 묻고 싶다.

유동애 시인의 시는 바로 그런 언어예술집이다. 작품 「내 안의 그대는」을 본다.

마치 어제인 듯 했다가

예감인 듯 했다가

아주 밝은 보름달 밤

저어 먼 흰 눈 덮인 산

이 짧은 4행에 산더미만한 이야기를 한다. 줄지어
달려오는 물너울을 보라. 많은 이야기를 하고 있다.
아니 이야기를 감추고 있다. 이것은 생략이 아니라 언
어 하나하나를 징검다리 삼아 자기 속의 사람을 만나
러 간다. 감추고 감추어 다 감추었는데 말짱 다 드러
나 있는 마음속의 카이로스(시간)에 고이 남은 형상
'그대'를 보고 있다. 독자의 감탄도 이런 발견에 있을
것이다.

시는 문예창작 가운데 꽃이요 문학은 모든 예술의
총아다. 시는 그러나 언어로 창작되는 예술이므로 언

어의 세련미와 감동이 아주 중요한 열매가 된다. 시인은 그래서 언어 채취 작업이 중요하다. 발로 뛰면서 언어를 찾아내고 사랑과 고독의 깊이에서 또한 언어를 찾는다. 그런 작업을 위해서 시인은 사람을 만나고 여행을 한다.

어떻게 하든지 시인은 자기 모국어를 가지고 예술창작을 하므로 모국어를 누구보다도 사랑한다. 그래서 시인은 고향의 언어를 금싸라기같이 여긴다. 유동애 시인은 경상도 출신이면서 지금은 전라도에서 교편생활을 한다. 교사는 만나는 학생이나 학부형이 사용하는 언어를 통해서 지성과 감정을 표현한다. 그런 면에서 누구보다도 언어가 풍부한 시인이라 할 수 있다.

이 시집에 쓰인 언어가 바로 그런 언어예술의 실제를 보이는 것이다. 등단 연도에 비해서 시집 간행이

너무 늦은 것이 안타까우나 이제라도 이 시집을 문단
에 내놓으니 다행이라 하겠다. 유동애 시인의 시 창작
활동을 함께 기뻐하며 글을 마친다.

2017년 10월

문학박사　전재동

차례

제 2부_ 뜨락에 핀 정경

제 3부_ 구례의 봄

제 1부

내 안의 그대는

머위대를 벗기며

솔바람 소리 가득한
고개 너머
외갓집 우물가

두레박에 걸린
한 점 바람
목을 축이는데

손에 묻은 흙빛은
산길보다 더 먼 길
질긴 어둠 헤치듯
머위대를 벗기는데

부르면
내 안에 꽃으로 피는
어머니의 속사랑

내 안의 그대는

마치 어제인 듯 했다가

예감인 듯 했다가

아주 밝은 보름달 밤

저어 먼 흰 눈 덮인 산

아지랑이로 피었어라

내가 전해 준 그 마음을
차곡차곡 받아가져
온 천지간에 아지랑이로 피었어라

산 고개 어디쯤엔가 덜컥 주저앉아
말없이 그냥 함께 흐르자는,
온 천지간에 아지랑이로 피었어라

언어의 길 뚝 끊긴 자리
그대의 맹세만 땅에 뛰어올라
온 천지간에 아지랑이로 피었어라

꽃

바람 부는 언덕
허기허기 올라
벼랑 끝
외줄기로 돌아

길손처럼 만나서 흩어지는
먼지 이는 대지에

이 세상 너머
어느 먼 곳에서처럼
전혀 다른 나로
태어나고 있었다

돌

눈빛을 적실 만큼
손을 담글 만큼
온기溫氣 배여 나와

다투듯 몸을 세워
숨죽이며 망설이는데

불어나는 물은
물길 따라 넘쳐흘러
땅을 기름지게 할 때도
길 무질러 돌아가게 하는데

잊었던 아픔이
돌아와 앉는 자리
디딤돌 되는 징검다리

흐린 날

꼭 흐린 날
우리는 이렇게 만나는 구나
맑은 날은 한 번도 마주할 수 없었지
눈이 부셔 바라볼 수가 없었지

빗방울이 내린다
비 따라서 흔들리는 풍경 속에서
늬 잎 내 잎 따로 없이
꽃자리에는 잎이 피었지

한낮이 기운 오후
꼭 흐린 날
먼발치에서 마주 보았지
고향에 돌아온 시인처럼

봄눈

사랑의 빛깔
무너진 자국

젊음
그 뒤안길의 한숨
임종을 앞둔 몸부림

큰 그늘 아래
채 자라지 못한 바람 다발

연鳶

하이얀 조각돌을*
푸른 물에 던질 때*
그 물소리 따라*
어디든지 가고 싶은 내 마음

* 범우문고 「이육사」에서 차용

아침

머언데서
솔밭 바람 부는 소리로
가슴을 연다

가슴을 연다

물이 움직인다

땅이 숨 쉬는 소리

작은 가지 하나
뿌리 내린다

봄2

머얼리서
그리움이 손짓하면

시린 마음을 풀고
눈 먼 처녀가 된다

밀리어 가고 밀려오며
꼭꼭 다져 밟아도
고개 드는 조용한 갈망

또아리 트는 꿈을
싹 틔우기 위하여
이랑을 만들고

두 손 가득한 오색 바람은
촉촉한 생명을 싣고
정겨운 곡선을 그리며
하늘을 나른다

늦가을 섬진강

늦가을, 코스모스 스러질 무렵

강을 건너는 작은 배

낮게 엎드린 강의 옆으로

해거름의 성긴 시간이 내리고

언제나 눈에 밟히는 언덕을 보며

젖은 등불은 몇 송이 들꽃을 비춘다

데미샘*

온 종일 숲에 싸여 있다가
아무도 모르게 혼자서
가슴 속 별을 꺼내어
초록빛을 반짝이게 해 주려고
제 발자국 소리만 데리고
길을 나선다

별이 뜨는 밤이면
마음 가득 차오르는 꿈으로
별과 별 사이에 다리를 놓으며
머얼리 들리는 쑥국새 소리로
남도의 들녘에
누이를 닮은 강을 그린다

*데미샘 : 전북 진안군 백운면 신암리 원신암 마을 상추막이골
에 위치한 섬진강의 발원지

바람, 바람

-고향, 남해를 다녀와서-

그날도 바람은 불었다
그래도
쑥은 쑥대로
찔레는 찔레대로
싹을 틔우고
꽃을 피웠더구나

그것은
산길을
나 혼자 거닐 때
또는 막다른 길에
다다를 때마다

둥근 울림으로
돌담에 걸리며
담장에 걸린 후

가지를 돌아

나무 끝에 걸리고

점점이 섬들을 품으며

옥잠화

하이얀 달빛 속에서
옥비녀들이 튕겨주는 옥의 소리 듣는다

늦은 여름
뜰 앞에 피어서
마음속에 드리워진 금줄을 건드리며*
속삭여주는 소리 듣는다

가눌 길 없는 시린 마음
촘촘했던 시간의 앙금을
찬찬히 보듬어서

설화에 깃들어 있는*
한국 여인들의 마음씨를 보라는

*최순우: 「배흘림기둥에 서서」 차용

널뛰기

나의 따뜻함으로 널 감싸 주마

너의 따뜻함으로 내가 날아 오르는데

잠시만 한 눈 팔면
달아나 버릴 것 같은
온 몸 태우는 설레임

머뭇거리다 눈이 마주치면
는개* 자욱한 길을 돌아
제 속 다 내보인 하늘이 뜨인다

*는개: 가랑비 보다 더 가는비, 늘어진 안개처럼 가늘게 내리는 비

고백

달빛 비치는 물가
나뭇잎에게
속삭이는 연습하고

바람결
가랑잎 구르는 소리에도
마음 실어 보내는데

꽃 거리 나루터
넓은 자갈밭에 손을 부리면
가슴에 공굴리어 오든 말
토하듯 쏟아지는데

차라리 여울 만나
휘돌아 폭포 되어
휘몰아치는 자진모리 가락

겨울이 되어서야

나뭇잎이 무성하고 풀이 가득할 때는
산으로 가는 길이 보이지 않는다

가을이 되어
나무들이 잎을 떨구고 풀도 메마르면
그제서야 산으로 가는 길이 보이기 시작한다

겨울이 되어서야
길은 제대로 드러난다
나무와 풀들이 길을 터준 것이다

사람들의 길도
겨울이 되어서야 비로소 보인다

가고 또 가는 사람들

걷고 또 걷고
가고 또 가는 사람들

토방에 걸터앉아
딴죽을 걸어서
이승의 시간들을 들쑤시고는

날이면 날마다
이루지 못할 계획을 세우며
마른 우물 속으로 빠져든다

책

그대 빈 가슴에
홀로 서면

전설의 주인공
동화속의 인어 공주가 된다

남쪽 창으로
사다리를 따라 올라
오래 된 먼지를 닦아내면

묵은 말言語들이 살아서 움직여
속을 털고
마음을 헹군다

흠뻑 젖어 들어오는 순간의 열락悅樂은 영원하여
둥근 님의 품 안 같은 것

별

창을 열었을 때 보았다
닫고 있을 때는
보지 못한
그 별…!

그 아재가

가만히 서 있기만 해도
가락과 장단이 우러나오던
그 아짐씨 아재가

어린 시절 동네에서 보던
그 아짐씨 아재가

한 동네서 살아도
몇 달씩 집을 비우고 다녀
얼굴 보기도 힘들던 그 집에는
못 보던 장구, 상모, 꽹과리가 있더니

그 아짐씨 아재가
오늘 진도향토문화회관
들노래 속에서 보이네
저마다의 세상살이 보이고 있네

청산도의 보리

보아라
바람이 몰려 오는구나
바람과 함께 다가오는
파도와 파도머리까지 품어서
내 가슴의 출렁거림으로 키워내는
저 일렁이는 보리이삭을 보아라

실낱같은 뿌리들이 모여
땅속을 헤치고 나왔다
진실을 찾고 싶어
손을 들었다 너희는

어제의 슬픔 풀어 줄 그대 없어도
차마 떠날 수 없었던 슬픔은 가고
저 일렁이는 보리이삭 사이로
쉬임없는 강물은 오고 가리니
윤슬이* 반짝거리며 다시 오리니

*윤슬이: 물비늘의 우리말

우렛소리

어제 그제 헤어진
고운 님의 모습을
저 만치 앞에서 보고

와락 반가운 마음에
부리나케 달려가서
마주보고 서서는

고운 그 마음이 일어나는 소리

소문

서편에 몰려있는 구름은*
황금빛 커다란 유리덩어리였다*
창유리가 불타고 있었다*
금방 불티가 사방으로 튈 듯이 보였다*
눈이 닿는 데까지 허허하게 펼쳐진 불바다였다*
공기조차도 타고 있었다*
붉은 그림자가 어려 있었다
불의 흥분 속에 모두가 취하고 있었다*

나는 색을 잃어버린 잿빛 누더기였다

*최인훈 「광장」에서 차용

양귀비꽃을 보며

내 살고 난 끝은 무엇일까
이 물음은 저만치 밀어 둘란다

베갯머리까지 밀려드는
바람소리도 저만치 밀어 둘란다

어디에선가 오늘도
꽃잎마저 나룻배 삼아
강을 건너려고 서성이는 사람들

골목 어귀에서 만난 양귀비꽃을 보며
손 내밀어 그들 앞에 작아지리라

가을

지난밤에 떨어진
모과를 줍습니다
가을을 줍습니다
손에 쥐어 봅니다

내 인생을 손에 쥐어 봅니다

나의 밤은

보지 않고는 꿈을 꿀 수 없어
얕은 잠에 빠져 있을 때
나의 밤은 향기로 물들었다

산은 어깨 숲
새나 꽃이나 바람이 함께 부르는
속 깊은 이야기 들을 때
한 번 자리 잡으면 일생을 살아야 한다기에
붉은 황토 빛 설움을 동무 삼아
갯바위 이루며 살아 보았는데

그래, 늘 깨어있어
세상의 소금으로 펼쳐질 때가 되었구나
자연스러움을 보관하는 바람소리 되었구나

진눈깨비가 땅에게

다른 건
다 잊어버렸는데
팔 베고 잠잔
그 따뜻함만 생각나요

부끄럼도 없이
따뜻함만 자꾸 자꾸 번져나와요

나들이

씨앗은 꽃을 피웠고
그 꽃은 졌습니다
하지만 열매를 남겼습니다

이제는 말할 때가 되었다는 듯
나들이 하는 첫걸음이
울타리 쪽문을 열었습니다

밤꽃처럼

아득하게
미진한 가슴을 들추어
흐르는 물

이제 돌아와
한참 만에
돛배 띄우는데

쑥 캐던 순이
놀던 조약돌 둔 채
빈 바구니만 남겨두고
떠내려가는데

어린 시절이
밤꽃처럼 흩어져
흘러내린다

강물속의 바위들

구례구역까지 왔다가
그냥 가시게요

여태껏 강 따라
물속에 몸을 숨기고
여기까지 왔지요

개울가 묵정밭에 심은
나의 심장 한 끝도 궁금하지만
느리고 깊은 숨을 물속에서 쉬다가
속에 있는 말이 드디어 고개를 내밀어 보이다가
비가 많이 오는 날을 기다려
비와 함께 떠내려가렵니다
구례까지 들어가 보지 못하고

나뭇잎으로 떠 흐르는 외로움의 뿌리여

강, 하구에서

긴 겨울밤에도
더운 여름에도
바다는
제 스스로 넘실거린다

뿌리 내린 나무의
발치를 흐르는 강이거나
둥글게 엎드린 자갈밭을
썰물 지듯 밀려나는 물이거나
잔 물살 하나 머뭇거리지를 않아

잠시 또 잠시 후
바다는 제 스스로 넘실거린다
오래된 강의 미소에
서둘러 몸을 적시며

울타리 앞에서

이른 봄철
언뜻언뜻 보이는
나비를 따라가다
울타리 앞에서 놓쳤다

눈으로만 따라가다
내를 건너
강 따라 날아가는
나비를 바라만 보았다

한참을 바라보는 아이

제 2부

뜨락에 핀 정경

거기 물길 언덕에

뿌리까지 뒤흔드는 격정

뿌리 채 흔들린다고 수런거리던 잎새들 너머

눈물겨운 불빛처럼
눈부신 소리를 지르고 있었다

피아골 불락사 가는 길
거기 물길 언덕에

뿌리 다 드러낸 채 열매 달고 있는 오동나무

빈 집

빈 집으로 간다 아무도 기다리지 않는 집에 가
려고 지난밤부터 짐을 꾸린다 하룻밤만 지내고
다시 떠나올 집이지만 섬진강 따라 흐르는 차창
을 보며 기다리는 사람 아무도 없는 집 그 집으
로 간다 대문을 따고 들어선다 빈 집이어도 새들
은 날아오고 꽃들은 때에 맞추어 핀다 여전히 또
불을 지피고 마당을 쓴다 창문을 열고 담 너머를
기웃거리는 풀을 뽑으며 스스로 집을 만든다 아
니 스스로가 집이 된다

그렇게 말하지 않아도

어쩌다가
눈을 들면
넝쿨 장미가 한창이었다

어쩌다가 눈을 들면
나뭇잎에 가을이 묻어있었다

그리고
눈을 들었을 땐
한 해가 저물었다

그래, 그런 것 아니래도
그렇게 에둘러 말하지 않아도
시간을 다투는 문제는 늘 있었다

강 너머

지평선 너머 무엇이 있다 하더냐
강 너머 무엇이 있다 하더냐
안개 걷히면 무엇이 있다 하더냐

아름다운 것은
늘 저렇게 잠깐
피었다 사라지는 것일까
무지개 그곳에 있는 줄 알았더니

이제
떠나올 일만 남았더이다

그대는

해바라기도 피었습니다
접시꽃도 피었습니다
원추리도 피었습니다
백합도 피었습니다
봉숭아도 피었습니다

그대는 꽃 속에 숨었나 봅니다
제 뜰 어디에도 없습니다
제 뜰 어디에나 있습니다

움이 터 잎이 되는 어름에서

좀 기다려 봐
넌 너무 빨리 가고 있어
있는 힘껏 가다 보면
쉬 지치는 법이야

아지랑이 한 끝에 묻혀
나날이 피어나는 잎새

서로를 견디지 못하고
되살아나는 얼굴
내 몸을 붙들었다
갈 길을 지웠다

일몰 직전

지는
해 속에
저녁놀이 있다

바다에
붉은 비단 길을 낸다

바닷게
길 위를 가로질러 가는
걸음 바쁘다

잠 못 이루는 풍경

깨어진 백사발 속으로
검은 바다가 달려 와
흰 거품을 빼문 채
두개골을 핥고

또
늑골 속에 머리를 처박고
살점 하나 없는 가슴을
뒤척이다 달아나곤 한다

웃비 그친 다음

웃비 그친 다음
저문 날의 어둠 걷히는 것을 본다

강물이 불어
건너던 돌다리 사라지더니

동녘이 훤해지자
물색 좋은 고샅길로 가는구나

오늘 꽃으로

잠시 문 앞에 선 채
오늘 꽃으로 핀다

들머리 앞쪽에 걸린
첫봄이 더 추울지라도
오늘 꽃으로 핀다

퍼주고 퍼주어도
티내지 않는 누이 같은 강,
섬진강에 기대어 서서

조붓한 길
바람 부는 하늘 아래
오늘 꽃으로 핀다

어젯밤 꿈 앞에서

누구를 기다리는 것도
그렇다고 기다리지 않는 것도 아니지

어젯밤 꿈에 무슨 소리 들었는데
그 소리가 아직도 가슴속에 남아서

날은 이미 지고 있는데
아무 일도 손에 잡히지 않아서

설레고 있었지만

겨울잠이 너무 길었군요

그때나 이때나 늘 기다리던 너는
삶의 의문을 감춘 신비로
우리를 넘어뜨렸지만

지금은 새색시의 꽃잠 보러
우린 다 헤진 걸음으로라도
거슬러
저 언덕으로 나아가야 하는 때

아, 겨울잠이 너무 길었군요
분명 설레고 있었지만

서툰 걸음으로

눈보라 치는 길
인가도 없는데
얇은 외투에
한 쪽 다리 절며
서툰 걸음 걷는
나그네를 보았다

갑작스럽게
내가 추워졌다

새벽, 눈길에서

그래도 저하고는 함께 온 길인데
이참에는 그 길을 혼자서 돌아서네

길 안내 한 마디 물은 일 없이
내처 잠이 든 척 버티었지만

단걸음에 속을 들킨 것처럼
생으로 앓아누운 모습이더라*

우리 둘 말고는 지나간 이 없었지
그래 이젠 이쁨만 생각하기로 하자

*이청준의 「눈길」을 읽고, 「눈길」 낱말과 문장에서 차용

사람은 누구나

동지 지난 며칠 뒤
나뭇가지마다 물이 올라

어린 가지일수록
물 오른 가지가 많아

더불어
곳곳에 꽃다운 풀이 피어나
모든 봄들은 새로울 것을

꽃다운 풀 언덕에서
사람은 누구나 자기 길을 간다

비 오는 날

산 그림자가 설핏하면
바람도 모이지 않고
날벌레는 춤을 춘다

밤 새 비 오는 날
사방을 둘러보며
울타리를 찾는다

풀잎에 튀는 상처
차거운 눈초리로
땅에 떨어지고

우물 밑바닥에 누이며
맞은편 둑을 바라보아도
강을 건널 수는 없다

밤길

밤이면 으레
홀로 돌아오는
병든 까마귀

겁에 질린 목소리는
비탈진 잔디밭으로
반딧불처럼 사라지더니

모퉁이 돌아 빈터를 보며
숲 언저리 지나자
날개를 퍼덕인다

덤불 너머로 보이더니
네 손에 가 닿지 못하고
불빛은 가물거리기만 할 뿐

목마른 그대에게

목마른 산을 찍어 넘기자
지절거리는 물소리로 찍어 넘기자

발길에 채이는 돌과
살았다는 흔적마저 베어버려서
누렇게 말라버린 풀들에게도
지절거리는 물소리로 찍어 넘기자

달빛에 들킨 그리움조차
진하디 진한 물소리로
깨어서 길 찾아 흘러내리게
목마른 산을 찍어 넘기자

먼 길 돌아와

먼 길 돌아와
뒤늦은 대답을 하겠습니다

비가 많이 와서
둑이 터졌다고
돌아보지도 않은 채 말하겠습니다

이름도 거의 잊었지만
스쳐서 지나간 계절풍이라도
되받아 소리쳐 보겠습니다

발길 끊긴 밀밭가
너푼너푼한 호박잎에라도
눈길 맞추어 보겠습니다

머리를 숙이고

허리 굽은 할머니
백발의 머리를 숙이고
깨알보다 작은
쑥갓의 씨앗을 고른다
쭉정이는 걷어서 내다 버리고
덜 자란 씨앗은 체로 치고
덜 여문 씨앗은 키질로 바람에 날려 보내고
알진 씨앗만 골라 담는다

자신의 모습 보고 싶어서
지나온 세월을 더듬고 있다
구십 평생 살아온
흔적을 고르고 있다

머무르고 싶은 자리가

하릴없이 어정거리다가
어설픈 몸짓으로 기웃거리다가
이리저리 떠밀려 다니다가
어느 당근이 맛있을까

머무르고 싶은 자리가
눈앞을 스치기만 해도
순간의 머뭇거림도 없이
설익은 과실을 따려고
밤길을 내달린다

동백꽃 떨어지는 소리

아무도 없는 길
같은 키의 풀들이
물결치며 드러눕는 긴 방죽

혼자 서 있었다
너무 반가워서
하마터면 눈물이 날 뻔 했다

금새 연기처럼 흩어졌다
군중 속으로 사라지는 뒷모습
어디선가 동백꽃 떨어지는 소리가 났다

눈에 들어온 건

눈에 들어온 건
연두였다가
초록이었어

묵정밭에서
묵은 가지를 헤치며
홀로 싹을 틔울 때도

연두가
초록이 되는 것은
순간이었지, 아마

맞아
어떤 草木이라도
연두를 거쳐 초록이 되는 걸

그 젊은 저녁처럼

온 몸으로 맞부딪혀 오는
바람
나를 휘감는 바람소리
그 생명의 소리

이룰 수 없어
얼어버린 물처럼
남몰래 소리를 이루었나
그 생명의 소리

꽃눈마저 움츠리는
이 고원의 끄트머리에서
허물어진 웅덩이마다
물꼬 트는 소리

휘파람 소리 들으며
밤새 내처 걸었던
그때 그 젊은 저녁처럼
가슴이 뛴다

내 안의 그대에게

봄처럼 포근한 날씨
사롱을 든 채
안개에 둘러싸여 있다

지금까지 걸어온
한 걸음 한 걸음은
그대에게 가려는 발걸음

잠시 문 앞에 선 채
봄날을 아쉬워한다
그러나 첫 발은 될 수 있으리

가을 날, 길 위에서

신발의 먼지 털어내고
산골짜기에 있던 약수터에 오른 날

걷던 곳
길 위에서
단풍을 보는데

나날을 일구어
아름다운 모습으로 남으면
봄날 새 몸을 받을 수 있다고
속내를 드러내 보이는데

영원히 한 몸으로 살수 없어서
떠나는 채비 끝내고서야
물 젖은 바람소리 들려주는데

굳이 오늘이어야

진달래가 우거진
꽃밭을 보았어
서로 어울려
온통 골짜기와 언덕에 가득해

봄꽃이란 하루하루
빛깔이 다르거든
굳이 오늘 보아야 하는 것은
풀꽃도 제철이 있는 것이거든

겨울잠

세상의 차가운 눈초리가 싫었어
눈을 뜰 수도 없었어
그래서 길을 떠났어

알몸인 채로 들판에 버려져서
그렇게 멀거니
겨울을 날 셈인가

그냥 그 자리에서
움직이지도 않고 눈을 뜨는 일도 없이
겨울잠을 자고 싶었어

갈림길

별이 없을 때는
길도 없어
잃어버릴 골목도 없었는데

눈앞의 갈림길이
예감으로 술렁이는데

개울가
젖은 돌 위에 앉아
먼 물살이 가다가
소스라쳐 반짝이는 것을 보는데*

날은 찬 데
해 지는 먼 산
불 빛 아래 앉아 있는데

*박재삼 「흥부부부상」에서 차용

고향친구의 편지

오는 길이 꿈속입디다

어디 꿈나라 댕겨온 듯

살아낸 시간들이
산수유 꽃잎으로 벙그는 이 아침

너 여기 다녀간 흔적
산수유 다 지면 사라질까

잠자리 한 마리

마당에 모깃불을 놓았다
모깃불 연기는 바람을 타고
마당에 가득 찼다

미처 돌아가지 못한
잠자리 한 마리
연기에 쫓겨
모기장 밖에서 파닥거린다

달이 흐르고 있는 하늘은
세상처럼 넓고 편안해 보이는데

날개짓에 지친 잠자리 한 마리
어디쯤에서 이 밤을 쉬어갈까
자꾸만 신호를 보내고 있다

한참을 생각했다

딸네는 갔다
봄처럼 영롱한 아가를 보여주고

밥값도 저네가 치루었다
점심도 가다가 먹겠다고 했다

나는 어느새 흰머리가 성성한 할머니가 되어
힘이 없어진 할머니가 되어

오냐 그래라 그래 그러마
그렇게밖에 말하지 못했다

힘 있는 할머니도 더러 보았는데
그 힘은 어디서 생기는 것일까
혼자 앉아서 한참을 생각했다

詩를 만났을 때

선생님께선 십년도 훨씬 전에 詩를 쓰라고 하셨습
니다
예순 번도 넘게, 저는 대답하지 않았습니다
간간이 뵈올 때마다
詩를 쓰느냐고, 쓰라고 이르셨습니다

년 전쯤이던가요
돌아보시고 돌아보시면서 말씀하셨지만
저는 대답하지 않았습니다
그러나 속으로는
선생님, 어쩌자고
목숨 거는 일을 하라고 하십니까
제 命줄은 하나뿐입니다

헌데
돌아갈 데가 없는
외나무다리에서

詩를 만났습니다

얼마나 간곡한 말씀인지 지금에사 알지만

허지만 선생님

詩를 쓰는 일은 목숨을 걸어야 되는 일이길래

지금이라도 비켜설 수만 있다면 비켜서고 싶습
니다

제 3부 ———

구례의 봄 ———

국밥 한 그릇

마음이 가난해지면 천호동에 가서
따끈한 선지국 한 그릇 마주하고 앉는다

얼마간의 땀과 눈물이 배여있는 국물은
인정에 메마른 너와 나를 뎁히고

저자거리에서 생生을 부리느라 마디 굵은 손으로
수저를 챙기는 그 마음을 마시며

때때로 맴을 도는 나의 영토, 서울에서
가슴에 김이 나는 밥 한 그릇 가졌다

연두에서 초록으로

섬진강변의 풀숲들이
연두에서 초록으로 얼마나 갔을까

발길을 스치는 풀숲에서
잎사귀 한 장이 무대가 되는 생을 본다

오래 전에 읽은 박재삼의 시에
'나이 들면 인연이 귀한 줄 알아'
이 말을 이제사 마음으로 알아

그땐 왜 몰랐을까
다래가 그 달콤한 맛을 낼 때
그렇게 한창인 때는 아주 잠깐이라는 것을

벚꽃과 후지산

누구에게나
열려있는 산길 올라
내 이마를 쓸어줄 때

나무에 걸린
구름 비
몸을 기대는데

뿌리도 지는 잎새마저도
지팡이 삼아
오가는 발길 엮어가는
넉넉한 품안인데

화산재가 흘린 웃음
햇살과 만나는
온전한 봄 봄

봄1

넌 땅 속 깊은 곳에서
여리디 여린 생명을 보듬고
어느 날 갑자기
눈앞에 나타났다

물방울처럼 고인
햇볕에 기대어
긴 어둠의 저편에서
고개를 들고 일어나
속살을 드러내었다

봄은

봄은
보이지 않을 때부터
빛을 주어
떡잎을 불러일으킨다

늘 그렇듯
고통의 끝을 붙잡고 일어서는
차오른 숨길이
새순을 장만한다

숨죽이고 귀 기울여
가슴을 두드리고, 일렁이게 하여
앉았다가 일어서게 하고
또 나아가게 한다

개구리

사하라 사막의 개구리였을 때는
구름 그림자 아래서라도 쉬고 싶었다
아니, 숨고 싶었다

신기루마저 버팀목이 되었을 때는
맴을 돌면서도 둘러보았다
몰려가는 구름을 찾아보았다

바람 끝에 물방울이 매달렸을 때는
햇살 위의 무지개는 물빛이었다
내 숨결 끝에 닿아 있었다

달빛에 젖어도

달빛에 젖어도
신화가 되는 거 맞니?

그럼요
멀고 먼 강을 건널 때의 일인데요
밤 내 헤엄쳐 오너라고
길게 늘어진 그림자를 지닌 채
암사동 선사 유적지에 갔지요
그곳에는 초록의 문이 기다리고 있었지요
어디쯤일까
땅 위로 이파리 길어 올리는 소리가
숨이 멎을 정도로
가슴 가득 밀려왔어요

나의 밤도 별이 되는 걸
그곳에서 보았지요

겨울나무

이리저리 휘어진 대로
길이 된 언덕

나만의 이름으로 빛나던
그 계절을 생각해 본다

그리움조차도
차마 드러낼 수 없어
이파리 하나 지닐 수 없다기에

늙은 강의 하류에서
비를 맞으며
뿌리로만 숨을 실어 보낸다

대한 앞두고

우물가, 시들은 국화꽃 대궁에
대한 앞두고 머뭇머뭇 꽃이 피었구나

살았다는 흔적이라도 남게
꽃과 잎 메말라도 그대로 두었더니

마른 잎 서걱이는 소리도 일없이
봄봄이*도 조용히 꽃을 피웠구나.

*봄봄이: 눈에 보이는 겉 차림새

뜰 안의 풍경

풀이 많이 났제?

놔 두세요
저거도 살아야 된께

원추리

오후, 한더위가 주는 고요함 속에서
원추리 한 송이가 세상을 열어 보이네

이제껏 기다려 주어서 고마워
여태 머금고 있던 나의 심장으로
시간의 흐름 속에 같이 구르는* 너를
따뜻하게 보듬어 주고 싶어

앞서거니 뒤서거니
원추리 송이송이가 심장을 내보이고 있네

*두보의 시 「애강두」번역본에서 차용

연서1

정담 나눌 이가 있다는 것은 피가 돌고 숨을 쉬
는 일입니다
눈길 향할 곳이 있다는 것은 바람이 자라 나래를
펴는 일입니다
발길 향할 곳이 있다는 것은 마음 깊은 곳의 샘물
입니다
그리고 우표를 붙이는 일은 흠뻑 젖는 그리움을
나누어 가지는 것입니다

연서2

더는 덜어낼 수 없는
더 이상 올려놓을 게 없는
나만의 무게

절 만나면
눈이 젖지요

연서3

둥지를 박차고 오르는 새들의 날개짓 소리
하늘에 묻어있는 새들의 날개짓 냄새
어둠을 밀어내며 아침이 열리고 있었다

연서4

새끼손가락
끝만 대주어도
강을 건너
푸른 대숲에 누일 것을

문을 살짝 열고

잠을 떨치고
문을 살짝 열었다

꿈결에서 들리는 소리 처음 듣는 소리
잠든 생명 모두 깨우는 소리
들을수록 어디선가 들었던 소리

내 곁에 있다 눈을 크게 떴다
산사의 새벽 도량석 소리

어느 날의 봄

갑자기 두런거리는 소리가 났다
발자국 소리도 들려왔다

새벽,
다가오는 두근거림으로

비 갠 아침
한 다발 화초처럼

봄은 이미
담너머에서 서성거리고 있다

어머,

어린 파를 처음으로 심는 날
파 심을 고랑에
파뿌리 하나하나를
비스듬히 눕혀 놓고
머리 부분만 흙으로 덮었다

그리고 물을 주면서
어깨를 땅에 대고
누워있는 어린 파를 보고는
정말 살아나기는 하는 걸까?
그리고 지난 며칠

어머, 애들 좀 봐!
잎들이 하늘을 향하여
푸른 칼날로 일어서는데
뿌리를 내리자마자
강철의 바람으로 허리를 세우는데

아래쪽으로

아까 바닷물이
발목까지 왔는데

이젠
발바닥까지만 스치네

좀 더
아래쪽으로 내려앉아야지

그러면 그곳에
아미가 닿겠지

안부1

-구례의 봄2-

거긴 비가 오니?

여긴 개였는데

애타게 찾더니

저 아래 어디쯤에선가
아스라이 보인다
새 꽃이 피어난 거

벼랑 끝 절망의 맛을
꽃으로 피워내다니

새벽 동이 틀 때까지
넝마를 줍는 너의 마음은
깃발처럼 펄럭인다

멀기만 한 봄을
애타게 찾더니

신호등 앞에 서서

우린 종종 길을 잃는다
신호등 앞에 서서
기다리던 신호가 다가와도
알아채지 못한다

저 길을 건너
산을 넘을 걸
아니 이 자락만 넘으면 돼
이렇게 길 아닌 곳을 걸어서

어제와 오늘
산을 내려와
다리가 아플 때까지
들길을 걷는다

밭자락까지 흘러든
기억의 끝자리를 보며
신호등 앞에 서서 서성일 때처럼
우린 종종 길을 잃는다

산에 피는 꽃

산새 우는
골마다
피어나는 소망

무심한 눈길
바위 틈 새마다
숨을 쉬는데

서로를 아끼다 부딪히는
순결한 영혼
고뇌의 언어로
새벽마다 고이는데

피고 싶어서
피고 싶어서
다소곳이 여는 마음

복사꽃길

드나든 길에서 보이는
자전거 길에
복숭아꽃이 피었다

어느 볕 좋은 날에
저 길을 걸어 보리라

비 개인 후
잎들만 바람에 흔들렸다

아, 저토록 잠깐인 것을…

보길도를 다녀와서

강을 돌아서 가면
그가 사는 집을 만날 수 있을까 하고
우린 모두 강을 돌아서 갔다

마을을 보고
들을 보고
하늘을 보고
바다를 보고 그러면서

바닷바람이 불어오는 저물녘
억새의 속삭임을 들었다
강을 향해 남겨져 있는 발자국을 보았느냐고

바람이 부는 대로

바람이 불면
바람이 부는 대로 풀은 눕는다

샛바람이 불면 나락이 익지만
추수가 끝나면 쓸모가 없네

등 뒤에서 불어오면 힘이 되기도 하지만
맞바람이 불어오면 핑그르르 맴을 돌고

눈으로 보고 할 수 있는 일도
바람이 불면 할 수 없게 된다

비롯됨도 없고 마침도 없이
바람이 불고

바람이 부는 대로 풀은 눕지만
뿌리는 더더욱 깊게 내린다

몸살

멀리 길에서도 보이는
속된 성공을
나도 한때는 꿈꾸었다

개울물 소리가 듣기 좋은 때가 있었고
구름 사이에서 이따금 새어 나오는 햇살도 보았다

하지만 우리는 이제 떠나야 한다
이미 세상일을 거의 잊어가는 노모처럼

길이 끊기고 벽 앞에 섰을 때
벽을 밀면 다시 문이 되리라는
아, 나는 이 사실을 밀어 낼 수 없어서
지금, 몸살을 앓고 말았다

매천 황현 선생

그는 온통 싱그러운 초록빛으로 불타올라
초록빛 소나기 한줄금으로 메마른 대지를 적신다
시름에 겨운 절명시 네 수* 가슴에 후벼 와서
시대의 아픔마다 초록불빛으로 어둠을 가른다

* 1910년 매천 황현黃玹이 지은 한시, 「절명시」는 작자 황현이
일제에 의해 강제로 나라를 빼앗기자 아편을 먹고 자결하면서
남긴 4수의 시이다. 그 중 1수 "새짐승 슬피 울고 산과 바다도
찡그리니/무궁화 온 세상이 이젠 망해버렸어라/가을 등불아래
책 덮고 지난 날 생각하니/인간세상에 글 아는 사람 노릇, 어렵
기도 하구나//"

뛰는 가슴

뛰는 가슴
저 눈밭에 사슴이어라

나는 이제 돌아갈 데가 없으니

작은 도랑 따라 흘러가다 보면

깊고 환한 바다 거기 있어라

눈물이 나는구나

-위안부 할머니-

영이야 순이야
너희 소식 들으니 눈물이 나는구나

언제 너희가 마음 놓고
울어보기나 했을까

곰곰 헤아려보니
사는 게 참 쉽지 않아서

흐르는 빗소리에 몸을 맡겨서
골목에 숨어 통곡을 했느니라
손발 뻗고 누워서
붉은 밤을 울음으로 지새웠느니라

노고단1

어, 오늘은 웬걸

성큼 다가서네

눈 내린 다음날
아침 햇살 받은
노고단

유년의 가슴에
품었던 무지개
이 아침에 뜬다

너의 숨 한 줌으로

혼자를 위해
홀로 뿌리를 내리고
잎을 피우는 줄 알았다

홀로 비바람을 견뎌
열매를 보듬어서
영그는 줄 알았다

이 세상 아무도
혼자서는 아니었다
혼자의 것은 아니었다

그것은 모두 땅으로 돌아가
눈 시린 세월 흔들어
너의 숨 한 줌으로 되어 갔다.

길 끝에서

-구례의 봄3-

머언 곳이
아름답다 했으니

저어
돌아가는 곳까지
가 볼까

길을 닦다만
길 끝에 서서

거리의 풍경

해 질 녘 지나
어둠이 내리면
인사말을 덧붙일 새도 없이

나다니는 사람 없어
발길은 끊어지고
거리는 텅 비어

언뜻 내비친 그믐달은
꿈의 흔적으로
발밑에서 일렁이고

발자국 소리도 없이
왔던 길을 되돌아가는
바람 가득한 거리

거리의 바람

바람 부는 거리에 나서면
얼굴만 알고
이름을 모르는 사람을 만나
나도 얼굴만 알리고
이름은 거짓으로 말한다

돌아서면
맨땅이 드러나 보이는 잔디와
자라다 만 나무와
그리다 만 풍경을 보며
바람 부는 거리에서 흘러간다

거리에 나서면 바람이 분다

봄풀이 말하다

넌, 고통의 끝에서 피어난 것이니
하고 싶은 말이 많을 거야

절실한 것은
말이 되어 나오지 않는다 해도

폭설보다 더 추운
먼 길을 떠나왔다고
그 말은 꼭 하고 싶어라

언젠가는 새로 돋는 잎을
잊어본 적이 없다고
그것도 꼭 말하고 싶어라

작가 후기

길을 가다
꺾어드는 샛길을
어느만큼 가다가

머얼리
들꽃 한 송이를 보았습니다

주저 주저하는 걸음으로
다가갔습니다

꽃잎은
엇갈리고 섞이며 스치기도 하고
휩쓸리고 또한 흩날리기도 하면서
내 숨 속에 일렁이고 있을 것입니다

　시집이 늦어진 이유는 이렇다. 1995년쯤에 첫 시집
으로 묶을 예정이던 원고는 원고 뭉치째 어딘가에 가서
돌려받지 못했다.

또 2004년 이사하면서 그 동안의 시작 노트를 모두 잃어버렸다. 그리고 저의 경우는 한 번 겪은 일은 오랫동안 기억하는 편이라 사람살이에서 너 내 없이 겪는 일을 겪다 보니 시간이 이렇게 흘렀다.

'글타래'는 제 문학의 못자리 같은 곳이다. 1990년 늦은 봄 강동구민회관 문학교양수업에서 만난 이들끼리 '글타래'란 문학동아리를 만들어 문학공부를 계속하였다. 1994년 「물은 바다를 꿈꾸며」 1집은 그 결과물이다. 그 모임은 2004년 이후 중단, 2010년 봄쯤에 그때의 인간미를 잊지 못한 사람끼리 모여서 그때의 선생님(문학박사 전재동)을 모시고 공부를 계속하고 있다. 지금도 매주 1회 공부모임을 가진다. 우리는 그 모임을 아회雅會라 부른다.

이렇게 30여년의 세월을 묶어 놓고 보니 새삼 친가의 엄마 아버지가 사무치게 그립다.

유동애 시인

내 안에 피는 꽃으로

초판인쇄 2017년 10월 25일
초판발행 2017년 10월 30일

지은이 유동애
펴낸이 박찬후
편집 김대원
디자인 이지민

펴낸곳 북허브
등록일 2008. 9. 1.

주소 서울시 구로구 구로중앙로27다길 16
전화 02-3281-2778
팩스 02-3281-2768
이메일 book_herb@naver.com

ISBN 978-89-94938-44-8 (03800)
값 8,500원

* 이 시집은 문화체육관광부와 전라남도 문화관광재단에서 발간비 일부를 지원
받아 제작 되었습니다.